へのへのもへじ

ネイ小記
Shoki Nei

文芸社

自称、読書家にして
テレビっ子な
ちょっぴりオチャメで
たっぷり昭和な三代目が
当店の
コーラの自販キに
販売促進用にと
毎日
貼り出したものを
本にしてみました。

拝啓　寅さんへ
あなたもつらいでしょうが
わたしもつらいんです
みんなつらいんなら
それでよしと
しましょうや

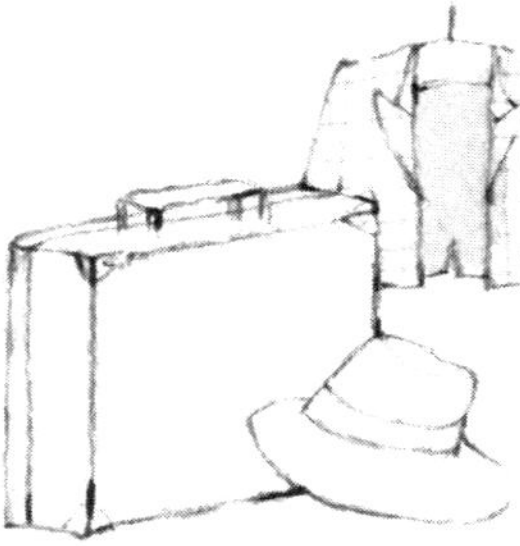

ある日のことです
「ツキのいいライターちょうだいな」
と
お客様がおっしゃるので
「うちのライターはみんな、
ツキがいいでよーだ
ツキが悪いのは、オイラの人生だ
け」と
なにげに、答えておきました

ハイッ
ここっ
笑うところ!!

ある朝のことです
うちの母親が
畑から、
初もののニラを採ってきたので
さっそく
ニラ玉にしていただいたところ

ん、なんかへんです

どうやらそれは、ニラではなくて
水仙の葉っぱだったみたいです

ペッ　ペッ　のペッ

ホタルイカ

召し上がれ

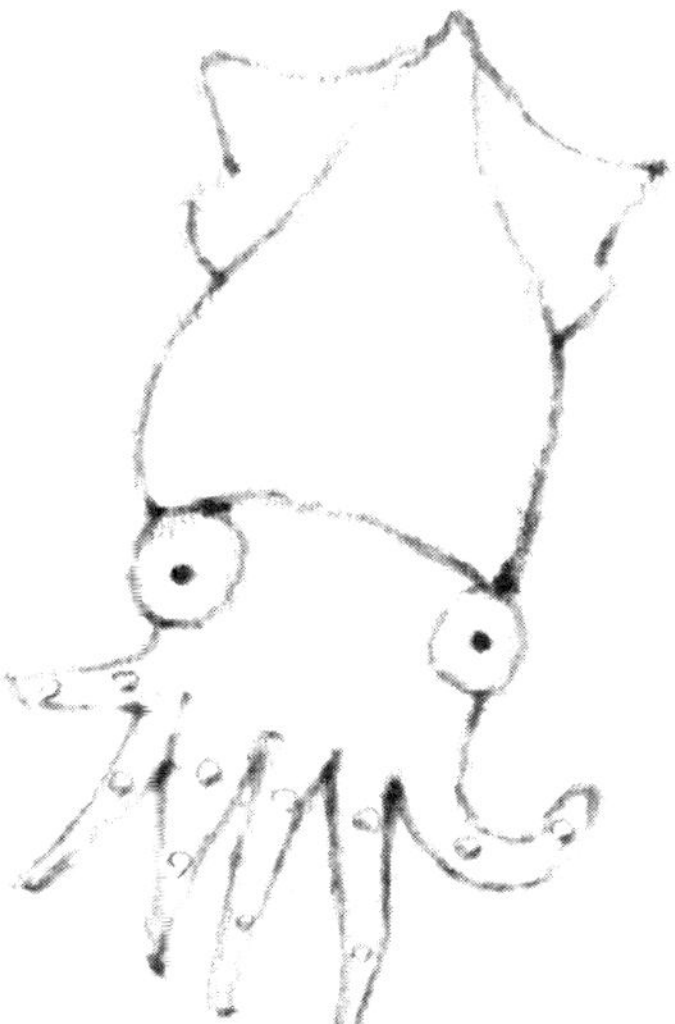

『おもしろき
こともなき世を
おもしろく』
それがオイラの
生きる道

かれこれ、一週間ばかり前に
メガネを買いかえたんですけど
だあれも、うんともすんとも
気がついてないみたいです
そんなわけで、ちょっぴり
ロンリー・ハートな
今日この頃です

『鉄は熱いうちに打て』

草は短いうちに刈れ

恋は、若いうちに……

せんだって、ヒデカズ君から
「あんた、詩人やねえ」と
ほめていただいたので
調子にのって、ポエムをひとつ

キラキラ　ひかる
みんなが　ひかる

グルグル　まわる
みんなが　まわる

ピョンピョン　はねる
みんなが　　　はねる

あ　とんだ　とんだ

仕事も遊びのうち
遊びも仕事のうち
そう思えたなら
シメたもの
なんですけど
ねえ、あなた

今回は、いわゆるオヤジギャグを
おひとつ、いかがかと——

ラブ
&
ピース
&
ハッピー
&
♪
ブルー・ライト・ヨコハマ
♪

肉体と
欲望と
結果オーライと
『わかるかなあ
わっかんない
だろうなあ』

ビヤーネ、ビヤーネ
日韓関係がギクシャクしている昨今
よりにもよって
韓流ドラマにはまっている
おっちゃんは
まったくもって
面目次第もございません
ちなみに
「ビヤーネ、ビヤーネ」って
「ごめんね、ごめんね」っていう
意味らしいです
それでは
このへんにて
カームサームサームミダー

いささか飲みすぎまして
その反省の意味をこめまして—

なんでもかんでも
ほどほどに
が
よろしいようで

みつひろ君へ

おてんと様の
光をあびて
土のにおいをかいで
風を感じて
雨もまた
よし

このたびは
みなさんとご一緒に
富山弁の勉強をしたいと思います

例題

僕の夢は、ゴルフのシングル・プレーヤーになることです

おおど

ばすな!!

ゴルフの話が出たついでに

癪にさわるのは
たったの50cmのパットに
オッケーをくれない
いつものメンバー

もっと癪にさわるのは
そのパットがはいらない

へたくそ

あ〜ん
穴があったら
はいりた〜い

かずゆき君へ

なんとなく
疲れています

って

そりゃあそうでしょうけど
そこをなんとか

がんばって

いきまっしょい

キンモクセイの木に
モズの巣があって
しかも
ヒナ鳥がいて
なおさら
親鳥が
近くの電信柱のてっぺんから
ハラハラドキドキしながら
見守っていたんじゃ
とてもとても
センテイはできません、と
やさしい、やさしい

声がします

耕ちゃんへ

商売は
あきない
とも申しますから
あきずに
ぼちぼち
いきまひょか

人それぞれ
十人十色
百人百様
千差万別
てんでん
ばらばら
どれでもお好きなように

ゆう子さんへ

たいへん
よく
できました

満場一致で

あげましょ

――富山弁シリーズより

働き者の三代目が
せっせせっせと草刈りをして
おりましたところ
ふと
2mばかり先に、でっかい蛇が
こっちをにらんで、チロチロ
しているではありませんか

えくそったがいねえ

けまつぶいたがいねえ

こわくさいことを
言うようですが

人生
なかなか
「あれもこれも」というわけには
まいりません
ここはひとつ、腹をくくって
「あれかこれか」を決断して
あとは、実行あるのみ
誰かさんのように
「ああでもない
こうでもない」人間は

問題外!!

おこがましいことを
言うようですが、今回は
おまじないをひとつ

「大丈夫
まさか世界が終わる
わけじゃあるまいし」

わたしはこれで
人生の荒波を
乗りきってまいりました

ちんぷんかんぷんなことを
言うようですが

もしかしたら、人は
世界の果てまで旅をしても
本当の自分に出会うことは
ないのかも

そうかも知れないし
そうじゃないかも
知れません

うーん、なんか
ネスカフェのコマーシャル、
みたくない

ちょっとやそっとじゃ
信じられないようなことを
言うようですが

あなたと

わたしとは

タッチの差しか

ありませんから

えげつないことを
言うようですが

それにつけても

金の

欲しさよ

――富山弁シリーズより

「いい歳こいて
こんなしょうもないもん書いて
だらか、お前は」という
ブーイングにも
めぐることなく

だらやだらや

言うもんにゃ

だらや

……いえいえ、それほどでも
村一番のおしゃれな
タッジ君に
「最近、ファッション・センスが
　よくなったねえ」と
ほめられました

そりゃあそうでしょうとも
おいっ子のお下がりばっかり
ちょうだいして
着てますんで

チャンチャン

秋のハエ

人間様と

鬼ごっこ

あらかじめ
おことわりしておきますけど
いいんです、いいんです
わかってもらえるお人にだけ
わかってもらえれば
では、一句

名月や

法事のおさがり

『清月堂』

『みのるほど
頭《こうべ》をたれる
稲穂かな』
とかなんとか申しますが

そこへ雀の大群がやってきて
うしょうしょ
盗み食いをされたんじゃ
いかな
ホトケの三代目とはいえ

えーい

腹が立つわいな‼

風のうわさに聞いたんですけど
相変わらず、おこってばかりいるそうで
そんなタカシ君に、なぞなぞをひとつ

答え、腹立てず、心はまるく、気は長く
己れ小さく、人は大きく
と、読むそうです

紙面の都合上
詳しい話は申せませんが
結論だけ言いますと

だれのせいでも
ありゃしません
みんなオイラが
わるいんです

数え唄

一杯飲めば　医者いらず
二杯　ニコニコ
三杯飲んで
　さあ　寝ましょ
四杯以上は
　始末におえぬ

　　　　　　　―以下、省略

『世界史こぼれ話』より

　　　　　　　　　　―ここだけの話

なんぼ
「喫煙はあなたにとって
肺ガンの……グダグダ」
「たばこの煙はあなたの回りの
……ツベコベ」
とはおっしゃいますけど

ほんの、ひと昔前までは
「今日も元気だ
タバコがうまい!!」
って、言ってたのに、ねえ

『お客様は神様です』
とはいうたものの
捨てる神ありゃ
ふんだりけったりの
神様もありまして
……トホホ

天地開ビャク以来
世のなかが
ままならないのは
天地開ビャク以来の
ルールですから

静ちゃんて
ジュサブローさんの
こしらえた
お人形さんみたい
そ、そ、と、し、て、

あの、とんちで有名な
一休さんの
ご臨終のお言葉が
「死にとうない」だそうで
なんともはや
『人間的
あまりに
人間的な』

—『日本の歴史』より

——おたかさんを偲んで

「ズバリ!!
言いましょうか
ダメなものはダメ」

あ、どうか
おかまいなく
わたくしごとですから

——富山弁シリーズより

てっちゃんが
先日、とあるゴルフコンペで、
見事、堂々の優勝を飾られまして
チョウ、ゴウカ賞品として
某、有名メーカーのドライバーを
一本、いただいたそうで
おまけに、新聞にもお名前がのったそ
うで

け な る い

の お お

つかぬことを伺いますが
「やっとかっとやちゃ」って
富山弁なんでしょうか
そうだ
みのしまさんに
聞いてみよっと
　ちなみに
『キットカット』は
おいしいですよね

『為せばなる
為さねば
成らぬ何事も
成らぬは人の
為さぬなりけり』
って、ちょっと
シンドク、ない

地下鉄の階段をのぼると
この街は
一杯のレモン・ティーに
今日の疲れを
いやしている
風に吹かれて
生きてゆきたい
そう思ったことも
ありましたっけ
自分の夢を……

なにを隠そう
わたくしメ
人の心が読めるんです
あらっ
なんなら証拠を
お見せしましょうか
ほらっ、そこの、あなた
あなた、いま一瞬、思ったでしょ
(アホか、こいつ!!)
　　　　　　　　って

平等について

全国一律、みな同じなら
文句も言いませんが
（ブツブツ）
そうじゃないなら
やめときましょうよ

ああ、あつい、あつい
カッカします
頭のてっぺんから
汗がふき出します
なんでこんなにあついのか
つらつら、考えてみまするに
お酒のおつまみに
キムチをいただいている
せいか知らん

外野は

黙ってろい

オレだって

オレだって

オレだって

なんだか意気消沈するような
お話なんですけど
『私のなかの、もう一人の私』が

ああだこうだ
なんだかんだ
すったもんだ
言うもんですから
案外と、一人でも退屈しないでいられ
るのは
おそらくこれが
人口減少問題の根源的原因の
ひとつではなかろうかと
ひとごとみたいに思ったりなんか
する、今日この頃です、ちゃ

今日のお昼ごはんに
サンマを食しながら
ふと、思いついたまで

近頃の吾輩の作文も
あたかも
このサンマのように
あぶらののりきったような
……
だあれも
なーんにも言ってくれないので
自画自賛の
今日この頃です、ちゃ

なお、上級者用に
「ダンス・ダンス・ダンス」も
あります

真面目な話
時には
真面目に
ならないと

自由と
ヒマとは
ちと、違います
もっとずっと
違うかも

ひょっとしたら
人は
ドンチャン騒ぎの数だけ
幸福になれるのかも
知れません
もしくは
おしゃべりはおしゃべりで
それはそれで
じゅうにぶんに
楽しいし

あっち側

と

こっち側

あなたは

どっち側

―富山弁シリーズより

「なまっしい」
というのが、富山弁かどうか
金田一さんにでも
聞いてみないとわかりませんが
「ふなっしい」は
全国的に有名ですよね
ほかにも
「はがやっしい」とか
「ああ、いじくらっしい」とか

これもよくわかりませんが

ぼおとぼと

言う人

キ・ラ・イ

―ブンタさんを
偲んで

御意見
無用

―昭和歌謡シリーズより

そんなに
やいのやいの
いわなくたって
♪♪いいじゃないの
しあわせならば♪♪

唄　誰でしたっけ

ようし、がんばろう！

って

小さくガッツポーズ

することって

ありますよね

ホロ酔い気分で

夢もチボーも、現実も

酔っ払いの、コンコンチキも

その他もろもろ

どれもこれも

みな

似たりよったり

毎度
バカバカしいお笑いを一席―
　富山名産
『イカの黒づくり』を
しこたま
お口にほおばって
ニコッと笑って、ハイッ
お歯ぐろ!!

―エディー・マーフィー氏の
　映画をみながら
よくもまあ、ああもこうも
次から次へと
臨機応変に
口から出まかせが
言えるもんだと
いつものことながら
あきれるやら
感心するやら

『大丈夫
三畳あれば
寝られますよ』

これは
ちえ子さんが
光太郎くんに
プレゼントしたお言葉
だそうです

三日坊主で
終わらないように
するためには
長いスパンで
ものごとを考えると
いいみたいです

初もうで
とりいの上に
虹が出て
ふたついっしょに
くぐりましょ

日本人には
心がある

—本年の書き初めより

いつも

心に

太陽を

―同じく

ねえ

無理してんじゃ

ない　？

むかしむかし
うちで飼ってた猫に
教わったんですけど、ニャン
こんな場合
縁の下の奥の深く
ひきこもって
ただただ
ひたすら
傷口をナメて治すよりほかに
仕様がないみたいです、ニャン

アナタハ　カミヲ　信ジマスカ
ナニヤラ最近　カミノ毛ガ
フエテキタヨウナ気ガシテナリマセヌ
確カニ　見タ目ハチットモ
変ワリバエハシマセンガ
以前ハ　赤ン坊ノ柔毛ノヨウダッタノ
ガ
現在　チクチクスルヨウニナリマシテ
本人　ヒトリデ
ホクソエンデオリマス、チャ

ムフフッ

『人間とは
人間関係のことである』という
コラムニストの意見が
正しいならば

……
人間に
なりたーい

輪廻転生とは
あなたの見るものは
あなたの父母もきっと
見たであろうし
あなたの子供たちもまた
見るであろう
ってことで
いいんでしょうか

法のそとに

置け　!!

——『世界の歴史』より

またまたヒンシュクを
買うやも知れませんが
いっこうに
日韓関係の改善のメドも
立っていない、にもかかわらず
テレビでは
『春のワルツ』と
『冬のソナタ』とを
二本立てで再放送してまして
なんていうか

〝一粒で、二度おいしい〟

っていうか

『ブー・フー・ウー』

のお話より

例えば
あなたのお給料が
月20万円として（手取りで）
そのうちの5万円を貯金して
残り15万円で
やりくりすれば
あなたは
可もなく不可もなく
生活できることでしょう

―つづく

例えば
あなたのお給料が
月20万円として
それをそっくりそのまま
使っちゃっちゃ
あなたは
その日暮らしと
いわれることでしょう

―つづく

例えば
あなたのお給料が
月20万円として
そのうえ、借金までして
月々30万円も
浪費しちゃえば
あなたは
楽々と、一生を
棒にふることでしょう

―おわり

―アベさんの
「三本の矢」に対抗して

罰金のススメ

ホジョ金のハイシ

キフ金のお願い

どうです
シロートにしちゃ
メイ案、でしょ

つれづれなるままに
『ちびまる子ちゃん』を見ていたら
とめどなく
涙がとまらなくなりまして
なんでも
絵描きのお姉さんが、お嫁にゆく
シーンでして……
むむむっ、おそるべし!!
さくらさん

先日、わが家では
石油ファン・ヒーターを買い換えまし
て、今度のは運転延長の合図に『ラブ
ミー・テンダー』のメロディーが、ち
らほら流れてきまして、この曲にはひ
とかたならぬ思い出がありまして
それも、いまとなっては
せんないことではありますが……

業務連絡、業務連絡

お隣りのタバコの自販キを撤去してからかれこれ、もうずいぶんと時日もたちまして、ポッカリと、がらんどうのままにしておくのはいかにも落ちぶれた、へたれた感じがして、みっともないったらありゃしません。そこでいろいろと思案のすえ「そうだ!! ドラえもんの郵便ポストでも置いてもらえないかなあ」と、ひらめきましたので、さっそくのこと、ミスター・ポストマンに相談してみたところが、あっさり、やんわり、ことわられまして……

あきちゃんは
　ぬるめのカンがいいと
　ゆわっしゃいますけど
おっちゃんは
　アツアツがいいですね
　まるで
　誰かさんと誰かさんみたいに
あきちゃんは
　肴はあぶったイカでいいと
　ゆわっしゃいますけど
　つまみは、うんと食べたほうが
　体には、いいみたいです

酒飲むな
酒飲むなの
ご意見なれど
そんなこと
言うてくださいますな
こちとら
商売あがったり
じゃないですか
　　―タバコも、以下同文

ひっさびさの富山弁シリーズより
　　あれっ？
「だいそおどうや」って
　　もしかして
「大騒動や」って
　　ことかしら
イントネーションはずいぶんと
違うみたいなんですけど

きっ子ちゃんへ
　わざわざ
　　見送ってくれて
　なにか
　　言おうとして
　でも
　　言えなくて
　なんだか
　　悲しそう

ときたま、おじゃまする
『すしまさ』さんのトイレには
あいだみつをさんの
エンドレスで使える
日めくりのカレンダーが
かかってまして
　心の琴線に
　ふれますよねえ
　　小生のオシッコも
　　恐縮しちゃうくらい

魅力的な人間は
いっぱいいます
こんなわたくしメでも
魅力的な人間になりたいと
奮闘努力の毎日です
みな様方におかれましても
魅力的な人間に
なられますよう
どうか
ご自愛くださいませ

養生訓

食　事　と
運　動　と
生　活　習　慣　と
どっちに転ぶかは
あなたの心がけ
次第です

よい、ニュースです
本日、この落書きを
ケイタイで写メールしている
お客様がいらして
「毎回、楽しみにしてます」って
おっしゃるじゃ、あーりませんか

おっちゃん
あまりの嬉しさに
思わず知らず
〝ブラックサンダー〟を2ヶ
プレゼントしちゃいました

（いよっ、太っぱら）

こんがりに
こんがらかった
糸を
ほぐすのが
めんどうくさいなら
プツンと
ちょん切るのが
いちばん

いえいえ
そうではありません
かんにん袋の
緒が切れたなら
ここをこう
こうしてこうやって
また結んで
くださいな

マサアキ君は
3ヶ月に1回、用もないのに
そそくさと、歯医者さんへ通って
定期検診を受けているそうで
なるほど
おかげで
虫歯はちょこっとしかないし
口もくさくないし
どことなく
その笑顔も、人なつっこくて
……
どうですか、みなさん
こういうのを
〃よい習慣〃
と、言います

『なんとかなる』って
太宰さんも
いっとう最初に
おっしゃってましたし

白黒のハッキリした、みょうに
人なつっこい小鳥が
わが家の店先までチン入してきて
ちょっとやそっとじゃ逃げていかない
のは
それはそれで、むやみやたらと
可愛らしいのですが
上には上があるものでして
西高岡駅前の、お客さん待ちの
タクシー・ドライバーさんの手のひら
には
スズメが
チュンチュンやって来ては
とまるそうですよ

チャンチャン

「水分が不足している」と
わたしのカサカサの手を見て
山田君に注意されました
そういえば
『体は枯れ木のよう
心は灰のよう』って
誰のお言葉、でしたっけね

三つの答えが、
常に用意されているそう
です。　例えば—
『青い鳥』について
見つけた人と
見つからない人と
まだまだ
さがしている途中の人と

―本日の日めくりの
カレンダーより

『愛なき世界は
暗闇なり』

えーい
そんなもん
いちいち言われんでも
本人
いちばん、よう
わかっとるわい

えーと、ですね
それがどうした
って言われれば
それまで
なんですけど
ね

いい人って

無芸大食

人畜無害

ってこと

ねえ

知らなかった

死んで

不幸になった

者はいない

って

宙ぶらりんな

『好きこそものの上手なれ』
とはいうたものの
やる気があって
ヒマがあって
少々、コガネもあって
にもかかわらず
ちっとも上達しないのは
やっぱし
才能の問題でしょうか

「いいんじゃない
オレは好きだね」
って
東京モンが
言ってたっけ

そんな操ちゃんが
言い放った
含蓄のある
言葉をひとつ

つぎ　いこう

つぎ　!!

―本日の日めくりの
カレンダーより

『戦わざる者に
栄光なし』

そうですとも
そうですとも
かくいうわたくしメも
おおいに
戦っておりますとも
糖尿病と

ひとつ
言葉を
もらったら
百の
言葉で
お返しなさい

若者たちよ
恋をすると
人にやさしく
なれるものなのです

—『俺たちの旅』ふうに

若者たちよ
失恋すると
人につらく
あたっちゃうんだよね
なーんでか、これが

—ススムさんふうに

この歳になれば
いっちょ前に、社会人として
それなりの経験も積んで
世間も広くなり
世のなかの酸いも甘いも
わきまえて……
とはいえ
かんじんかなめの
根っこのほうは
ちっとも
成長してないんじゃないの
って思っているのは
ボクちゃん、だけかしら

『日々是
好日』
って
なんとなく
ポカポカしてて
おおむね、良好
って感じで
なんとなく
いいね

わたしは医者へはいかない
主義でして
わたしが医者へいくときは
死ぬときだ
っていう人
たまに
いらっしゃいますよね

『仏の顔も
三度まで』
っていうけど
三度や四度じゃ
ないでしょ
プンプン

一説によりますと
趣味・シコウの問題に関して
争ってはいけないそうでして
　　　　例えば……
（中略）
……そんなわけで
わたくしがかく申したからとて
ゆめゆめ、目くじらをたてたりなさら
ぬよう
要は
人それぞれ
生き方・感じ方・考え方
『みんな違って、みんないい』
ってことかしら

自信がないから
できないんじゃなくて
なんでもかんでも
やってみて
自信をつけなくちゃ
って
まるで他人事《ひとごと》みたいに
言うじゃ、なーい

『ショウロウビョウシ』って
お釈迦様がおっしゃってたって
しみじみ
小林さんがおっしゃいますけど
お言葉を返すようですが
『ショウロウビョウシ』も
喜怒哀楽も
弱肉強食も
みんなみんな
自然の法則、だと思います

『時代閉塞の現状について』
とりたてて、なんらの根拠もありませ
んが、(フィーリングとでも)
政治の季節は、とっくに過ぎ
経済も、これまた伸びしろ少なく
世のなか、相も変わらず、
ままならず
そんななか
これからの時代を展望しますれば
『趣味の時代』が
やってくるであろうと
口はばったいようですが
予言しておきましょうか

それにしましても
啄木さん
あなた
ずいぶんと
ペシミスト
なんですねえ

赤いウィンナーと
たまご焼きと
かんぴょうのおつゆと
今朝はなんだか
ノスタルジーな
朝食でして
うーん、余は、満足じゃ

コップに、なみなみとついで
表面張力させせた日本酒を
おっとっとっとっとっと
レンジでチンして
一滴もこぼすことなく
口もとまで運ぶことが
できるのは
わたしの数すくない特技の
ひとつでして

『嘘と涙は
女の武器である』
　って、ほざいたら
ハスキー・ボイスの
まり子ちゃん
　せっせと
メモってましたっけ

『汝のことをなし
汝自身を知れ』とは
ギリシアの神殿に
かかげられている
文言だそうで
　　けだし
名言なり

もの言えば
くちびる
寒し
ホニャラララ

おしん

一に　しんぼう
二に　しんぼう
三四がなくて
五に　しんぼう
六七八も　みな
しんぼう

人生　七転び八起き

宇宙には
光と影があるように
世界には
戦争と平和があるように
自然には
作用・反作用があるように

社会には
　あっち側とこっち側があるように
ものごとには
　裏と表があるように
世間には
　本音とたてまえがあるように
人の心には
　愛と憎しみがあるように

　　ぽっくりさん
○○さんが、お亡くなりになりまし
た
なんでも、聞いたところによります
と、こたつにはいって、テレビを見
てらして、お孫さんが
「おばあちゃん、ごはんよ」と
呼びにいったら
息がなかったとのことでして

定かには存じませんが
近頃のバナナは
なんか、ヘン
昔のバナナは
もっとずっとフツーに
おいしかったような
気がするのですが
今どきのバナナは
どうも、イマイチ
ああ、おかあさん
あの、昔なつかしい
○○○のバナナは
どこへ行ったんでしょうね

人生相談のコーナー
D・I・Y
で
お願いします

この道を道なりに、小矢部方面へ
向かってまいりますと

ってな、立て看板がありまして
いっしゅん、自分のことかと
ヒヤヒヤしたりなんかして……

人間

上っつらの皮膚を

いちまい

ペロリと

めくれば

農協さんの広報によりますと
エノキタケは
体に、いいみたいです
「じん臓・かん臓の働きを活発にする」
「髪の毛にも効果的」とあって
大酒飲みで
うす毛の
誰かさんには、もってこいの
食材ではありませんか
というわけで
本日のおつまみは
〝エノキ・バター〟

「ひこばえ」

って
この小さな葉っぱの
ことらしいです

わたしの手のひらには
雀はとまりませんが
わが家の軒先には
雀の巣がありまして

上を見よ
←
右を見よ
←
かどすまを見よ
←
ほらね

雀よりも早起きな
三代目通信員より

―本日の日めくりの
カレンダーより

『天 知 る
地 知 る
我 知 る
人 知 る』

って
わかっちゃいるけど
やめられないのも
世の常、人の常でして

『天　上　天　下
唯　我　独　尊』
人間、やっぱ
自分がいちばん
かわいいもんね
ってことで
フキンシンでしょうか

新聞によりますと
なんでも、旧大蔵省の
とんでもなく理不尽な、えげつない、
人をバカにするにも程がある、ふざけ
た、あこぎな、すこぶる虫のいい、コ
ンチクショウな、厚顔無恥な、しら
ばっくれたような、たわけた、デタラ
メな、高飛車な聞き捨てならない文書
が発見されたそうで
いわく
『国の借金は
国民の預貯金で
チャラにすればよい』
ほれ、見たことか!!

もののあわれ
とは
とりもなおさず
人間様の
ことよ

映画のフラッシュバックのように
パシャ　パシャ
　　パシャパシャパシャ
パシャ　パシャ
パシャパシャパシャパシャ
ってなるの
これって
予知能力
それとも
マインド・コントロール

いやなら
やめれば

『ゆりかごから墓場まで』
まことに、なんて
けっこう、ケだらけな
社会福祉政策だとは思いますが
いくらなんでも、何からなにまで
『おんぶに、だっこ』じゃ
まずく、ない？

『脚下照顧』

かつて、西川センセイが
しきりと、おっしゃってました
『小さなことから
コツコツと』

中の中
くらいの
ポジションが
ちょうど
よかったのに

—♪♪
さがしものは
なんですか
♪♪

『捨ててこそ
浮かぶ瀬もあれ
○○○○○』
どなたか
○○○○○に
当てはまる言葉を
ご存知のお人は
ご一報くださいまし

おんぼろな
マイクロバスの
移動図書館
に関する
一考察

無事故・無違反なら、車の保険料がだんだんと下がっていくみたいに、国民健康保険料も、一年にいっぺんもお医者さんにかからないなら、どんどんどどんと、お安くしていただけるものなら、おおいに助かるんですけど……ってなご趣旨のご発言を、なにかと問題発言の多いアソウさんがしてらしたようですが
グッド・アイディアだとは思いますが、実現は絶対不可能だと思います
　　一〇〇%!!

―年金受給者のみな様へ
確定申告は、お済みでしょうか
なにやら、ドサクサにまぎれて
　じわりじわりと
給付のほうは下がって
　そろりそろりと
負担のほうは上がって
　ボロロンボロロンと
そんな殺生な！
　ってな、ところでしょうか

前々から
言おう言おうと
思ってたんだけど
そうじゃ
ないんだってば
武者小路さん

『あとは
野となれ
山となれ』
とは
ルイ14世だか、15世だかの
どっちかの
どっちもどっちの
捨てゼリフでして……
かわいそうな
ルイ16世さん
かわいそうな
マリー・アントワネットさん
―『世界の歴史』より

村上春樹氏の
『羊をめぐる冒険』をめぐる
ひと悶着

知ってる

でも

そうしたいんだ

ストレイ

シープ

夏目漱石
『三四郎』より

基本的に
薬は毒である
って
エライお医者さんも
太鼓判を……

『断捨離』
とかけまして、時々
身辺整理をするのも
体にいいかも
知れません
自暴自棄とは
ちがうもん

うふふ

の

ふ

わたしは知っています
みなさんのなかに
この落書きの
隠れファンが
いらっしゃることを

逆もまた、真なり

さびしんぼ　おいしんぼ
なきんぼ　わらえんぼ
しゃべりんぼ　わすれんぼ
かくれんぼ　とおせんぼ
メックメッサボー

—汝の名は
女、なり

〝自己チュー〟とは
世のため
人のため
だなんて
そんな
かたはらいたいことは
おっしゃらずとも
ここはひとつ
ざっくばらんに
自分のために

異業種交流って
大切だと思います
あなたの
知らない世界が
まだまだ
いっぱいいっぱい
ありますって

いつもいつも
いただいてばっかしで
なんの
お返しもできませんで
『愛は惜しみなく与う』
ものならば
きっときっと
愛がたりないのかも

ただいま、わが家では
外壁の張りかえの工事中でして
ふつう、こんな場合、うちらの在所で
は
（おやおや、三代目に
お嫁はんでももらうんかいな）
ってな、浮いた噂話のひとつやふた
つ、乱れ飛ぶもんなんですけど

しーん

大工さんのトンカチの音が
むなしく響くのみ
トカトントン
トカトントン

〝事なかれ主義〟とは
もしものことがあったら
どうするんですか
って
二言目にはおっしゃいますけど
世のなか
もしものことだらけじゃ
ないですか
って
言おうか、言うまいか

いみじくも
あき子さんは
おっしゃいました
『遊びをせんとや
生まれけむ』
そのわりには
みんな
ヒーヒー
フーフー
言ってらい

ホリエもんさんに言わせると
奇想天外な発想がないと、ビジネス・
チャンスは生まれないそうで
〝世間体を気にしてちゃ〟
〝常識にとらわれてちゃ〟
〝人と同じことをやってちゃ〟
〝ダメよー　ダメダメ!!〟
って
えっ、これって
もう、古いの？

「今すぐ
どうの
こうの
っていう
話じゃなくて」
って
一生、言ってろい!!

自分でまいた
種でしょ
だったら
文句は
言いっこ
なしよ

体内時計の
命ずるままに
生活しておりますと
心なしか
ストレス・フリーで
楽ちん楽ちんなんですが
そのかわり
他人様《よそさま》から
うしろ指をさされるような
ことにもなりかねませんので
要、注意‼

の ん べ ん
だ ら り ん と

なんて、まあ
だらしのない言葉なんでしょう
でも
ちゃんと
辞書にものってるくらいだから
ある意味

フ ヘ ン 的

言ってもムダ
だってばあ
って言ってる
本人が
そもそもムダ
だったりして

がわはたで
ヤイノヤイノ言ってる
あなたも

知らん顔してる
どいつもこいつも

五十歩百歩

『イマジン』

まあまあ、ここはひとつ
『地球はひとつ
人類はみな兄弟』
ってことで
まあるく
まあるく
ってなわけには
まいりませんよね
ひとすじなわでは

おしなべて
言うなれば
みんな
みんな
いっしょ
いっしょ

えー
ウッソー
なんでー
そんなのヘン
そんなの知らなーい
うーん　あーん
まっ　いいっかー
しょうがないっかー
ってんで
これにて、一件落着

どなたか
お客様で
美容関係のお仕事なさっている
お人は、いらっしゃいませんか
ちと、ご相談なんですけど

この、くっきり
　　すっきり
　　はっきりした

ほ　う　れ　い　せ　ん

なんとかならないでしょうか

「政治ネタもやってくれろ」っていう
リクエストもあるにはあるのですが、
どうにも、にっちもさっちも、
気が進みません
だって、ほら
国会中継をご覧になれば、
おわかりのように、
ドロドロ沼にはまるばっかしで……
おっと、失礼!!

——創世記

来し方行く末

こんとん

ありき

ライバルあらわる

時々、朝食に、4枚入りの真空パック
のロースハムをいただきますがその
パッケージをめくると、なになに、な
にやら書いてありまして

『あなたの築きあげた
あたたかい家庭は
どんなクリエーターも
作れない
すばらしいものです♡』
とか
—つづく

『今、かつてない
充実感を感じています
あなたに
恋心というエネルギーを
もらったからでしょうか♡』
とか

歯の浮くような
キザな
うれしはずかしいような
おしゃれな文句が並んでまして

うーん

おっちゃん、朝っぱらから
いっぽん、とられっぱなしです

『明　る　く
楽　し　く
元　気　よ　く』
っていうのが、わたしの
生活信条ではありますが
ややもすると
わたしの作文が
いんにこもってしまうのは
多分に
重力のせい？

『目には目を
歯には歯を
右足には右足を』
言ってみりゃあ
これこそ、確かに
元祖
『平等』
ですよね

――『ハンムラビ法典』

ほとぼりがさめるまで
だなんて、そんな
のほほんなこと
いってたら
もえつき症候群に
なっちゃうぞ

介護保険料が
7％も値上がりしたとかで
苦情の電話を
自由民主党本部にかけたとおっしゃ
る、つわものの
お客様に対して
すました顔で
答えておきました
—消費税をあげそこなった
ぶんでしょ、って

ちょっと
まったー
その
「妄想障害」
って、なに？
なんのこと？
もしかして
オレのこと？
まさか
でしょ？

なんでこんなに
腹がへるんだろう
いっしょうけんめい
働いたせいか
知らん

『独学者』のごとく
市立図書館の
厖大な棚に並んだ
本の背表紙を
なでて
まわるだけでも
カ　イ　カ　ン　!!

『オータム・イン・ニューヨーク』
を見るともなくみながら—
ハリソン・フォードさんと
リチャード・ギアさんと
ケビン・コスナーさんと
古谷イッコーさんと
役所コージさんと
いっかな、見分けも
つきませんで

つい、さっきまで
フォローの風が
吹いていたのに
あれよあれよと
アゲインストの風が
おくびょう風が

パンと
サーカスと
滅亡と

ー『ローマの歴史』より

それはそれ
これはこれ
それとこれとは
話がちがうでしょ
って
いえいえ
すべては
因果律によって
がんじがらめに……

あなたは
どっち派
人生
つきつめれば
質より量です

喜びも悲しみも

大きな喜びがあったればこそ
悲しみもまた、大きいわけでして
それはそれで、ちゃんと
辻褄があっているわけでして
大きな悲しみがイヤならば
大きな喜びもあきらめないと
それが
道理にかなう、ってなわけでして
なにがなにやら
『釈迦に説法』みたいな
『前略、おふくろ様』みたいな

悲しき
エピキュリアン

カー・ラジオから
ビートルズの『LOVE』が流れてきた
ので、勝手に、翻訳してみたら、こう
なりました

愛とは　やさしくタッチして
　　　　あげること、けっして、
　　　　ぶってはいけません
愛とは　こんな感じ
　　　　いい感じ
愛とは　笑わせてあげること
　　　　泣かしちゃ、ダメダメ
愛とは　信じあうこと、ケイタイの
　　　　盗み見はやめましょう

愛とは　わかりあうこと、
　　　　そんなもん、わかるかい
愛とは　安心、安全、安価なこと、
　　　　ともに白髪のはえるまで
愛とは　一瞬にして、永遠なり
　　　　中間はなし
愛とは　……

　　　　おーい

　　　　誰かー

　　　　とめてくんないと——

われわれの
内にあるものと
われわれの
外にあるものと
どうでもよい
　ものと

人間関係でお悩みのあなたへ
あなたに
10人の味方がいれば
10人の敵もいて
その他大勢の、圧倒的多数は
てんで、無関心だってこと
キモに銘じておきましょう

『つひにゆく
道とはかねて
聞きしかど
きのふけふとは
おもはざりしを』
在原業平
—『日本の歴史』より

ものの本によりますと
世のなかに
ケンカの原因は
4つしかないそうで
すなわち
お金と
女性と
席順と
言葉づかい
だそうです

『例外のない
法はない』
とはいえ
例外が
あまりにも多すぎて
ぐうのね
も、でないくらい

へのへのもへじ
私は主観であり、客観である
私は0《ゼロ》であり、∞《無限大》である
私は必然であり、自由意志である
私は光であり、闇である
私は風であり、虫けらである
私は夢であり、覚醒である
私は趣味であり、さいころである
私は何者かであり、何者でもない
はてな？

『同じアホなら
　踊らにゃそんそん』

踊りこそ、もっとも身近で、
直截的でシンプルな自己表現、
自己陶酔ではないでしょうか
身体全体を駆使して
自由自在に
一心不乱に
天しんらんまんに
おのれをさらけ出し
狂喜乱舞するのは
さぞかし、快感でしょうね

いまさら、いい歳をして
聞くに聞けないことって、ままありま
して、今回は『パンドラの箱』につき
まして—
どんな事情があってか、知る由もあり
ませんが、この美々しい箱のなかに
は、ありとあらゆる災いが閉じこめら
れておりまして、そんなこととはつゆ
知らず、パンドラ姫が、ふたを開けた
とたん
まあ、たいへん!!
　(中略)
それでですね、なんで『希望』がその
箱のなかに監禁されていたのかが、い
まもって解せない……

例えば、ですね
幸福とは、不幸ではないこと
健康とは、病気ではないこと
正義とは、不正ではないこと
っていうふうに
ものごとをシンプルに考えると
もっとずっと
許容範囲がひろがって
楽ちんかと思うのですが
反対に
重箱のスミをつっつくみたいに
あれこれ、ねほりはほり
ほじくり返してばかりじゃ
かえって、ドツボにはまりますよ
ってな、お話なんですけど……

「死んだじいちゃんに、だんだん
似てきた」って言われるのは、
こそばゆいかぎりですが
うちのオフクロの、
昼寝している顔なんぞ
カンオケのなかの、
じいちゃんとそっくりそのまま、
うりふたつでして
ついつい
合掌

『今どきの若いモンは』

われわれの若い頃は
「三無主義」とかいって
無　気　力
無　関　心
無　責　任
と、なじられ
ケチョンケチョンにけなされた時代で
して、でも今となってみれば
みんな（もちろん、小生も含む）
それなりにチャンチャンとやって
ますんで
今どきの若いモンも
そう
気にしない、気にしない

組織
↓
人
↓
仕事
（現代の官僚機構）

仕事
↓
人
↓
組織
（鎌倉幕府）

『日本の歴史』より

はなはだもって
人間様の
欲深さときたら
悲劇か
喜劇か
それが問題だ
（ハムレットふうに）
正解は
悲喜こもごも
　　ってことで

『向上心の
ないものは
バカだ』
　別名
虚栄心
　とも

――『こころ』より

―富山弁シリーズより

えーい
しょわすけない
やっちゃのお
　　　って言われました、ボク

あんた
自分のこと
きらいなんでしょ
だから
人を
好きになれないのよ
って

『色即是空』って
クレヨンしんちゃんちの
家訓でもあるらしい
との、目撃情報あり

おいっ
こらっ
ちょこっと
カワイイからって
言っていいことと
わるいことが
あるんだぞ
おっちゃんは
ソッコーで
許しちゃうけんど

おめでたき人

計画を立てるのは
それはそれで
とてもとても楽しい作業でして
例えば……
（中略）
……ってな具合でして
いまもって
計画を立てるのは
楽しくて嬉しくて
やめられない
とまらない

♪♪言葉は
心をこえない♪♪
心は
肉体をこえない
体当たりで
ぶつかってみろよ
ってことでしょうか

『スティング』をみてたら
ロバート・レッドフォード氏が
まあ
つまようじ
使ってましたよ
プラトニック
これがホントの
おどろキ
だわ
もものキ
つまようじのキ

歳をとってからでないと
わからないでしょうけど
知ってるのと
知らないのとじゃ
あとあとの人生に、一生
響いてくるものって
多々
あるってこと
それを知ったときには
もう手遅れだったりして

○だろうが
△だろうが
×だろうが
？だろうが

恋するハリネズミの
寓話

知ってますか
聞くも、涙
語るも涙の……

ゲージツにも
ピンからキリまでありますが
ただひとつ、共通していえるのは
ゲージツ家という生きものは
自分自身を慰める術を心得ている
ということかと存じます
（中略）
したがいましては、おそらく
ゲージツは
鑑賞する時代から
参加する時代へと
進化していくのでは
ないでしょうか

ふと、思ったんですけど
もの忘れ、ド忘れは
『真理の探究』と
相通ずるものがあるやも
ほら　ほら
あれ　あれ
それ　それ
ナニがナニして
ナニしたやつ
ってなもんで

音楽の時間に
ボイス・トレーニングを
とり入れたなら
いかがなものでしょうか
わたしのような
あわれなオンチが
この地球上から
絶滅しますように

体育の時間に
エアロビクス体操を
とり入れたなら
いかがなものでしょうか
わが国の
医療費が
半減しますように

慟哭と
腰くだけと
魔性の女《ひと》と

『怒り、心頭に発す』

「なによ、たかが万引きじゃないの」って、テレビで、おばさんがヘッチャラで言ってのけるのを聞いて
カチン!!　ときまして
話のなりゆきからすると、どうやらおばさんは、万引き少年の母親らしくて、その開きなおった言動に、わたしの怒りにボウボウと火がつきまして
つい、先日のことです
うちのお店で
〃セブンスター・2カートン〃
万引きされたのは

いずれにしましても
法律というものは
命令
束縛
圧力
窮屈なもの
に違いないわけでして
とりわけ、われわれ
『自由精神』にとりましては
エッヘン!!

自分が
自分が
自分で
自分で
なくなる
瞬間
それが
永遠

『Let it be』
を聞きながら
「サトシ、もっと、ちゃんと、せんかい」
って言われましても
ねえ……
あるがままに
あるがままに

責任者
出てこい!!
って言ったら
そして
誰もいなくなった

テレビで、チラッと見ただけなので、
詳しいことはわかりませんが
なんでも、来たるべき人口爆発と
食糧危機に備えて、
人類の食糧を確保するため
「おえっ、そんなゲテモノを」と
絶句するような、
気色の悪い生きもののレシピが
研究開発されているそうでして
〝少子化問題〟やら
〝飽食の時代〟やら
どこかの国とはアベコベでして
けだし
『備えよ、常に』ですよね
ねえ、ボーイスカウト諸君!!

「日本人なら、恥を知れ」とは
これまた、なんともはや、
古めかしいお言葉を耳にして―
「日本人には厳しさがない」とは
再三再四、キンさんがご指摘なさっ
ているところではありますが
かてて加えて
「恥」の文化も、絶滅しつつあり
ますよね
なんとなれば……

大きい声を
出したもんが
やんちゃ
こいたもんが
勝ちです
って
それって、本気

ホー　ホケキョ
と
鳴いています
が
江戸屋猫八さんみたいに
ホー　ホケキョ
ケキョケキョケキョケキョ
ケッキョ　ケッキョ
ホー
ホケキョ
ってな具合に
名人芸で鳴くには
まだまだ
練習不足
　のようです

童話
『裸の王様』と
『王様の耳はロバの耳』との
違いのわかる人

ちなみに、当店では
『王様の涙』（680円）
好評絶賛販売中

段取りが
わるいのは
総合的判断力の
欠如です

笑いのなかにも
若干のペーソスが
自然と、にじみでている
苦労人の
きみまろさんの漫談より——
　『人生
ないものねだり』

文庫本を
読む人が
いる風景

こんな漢字

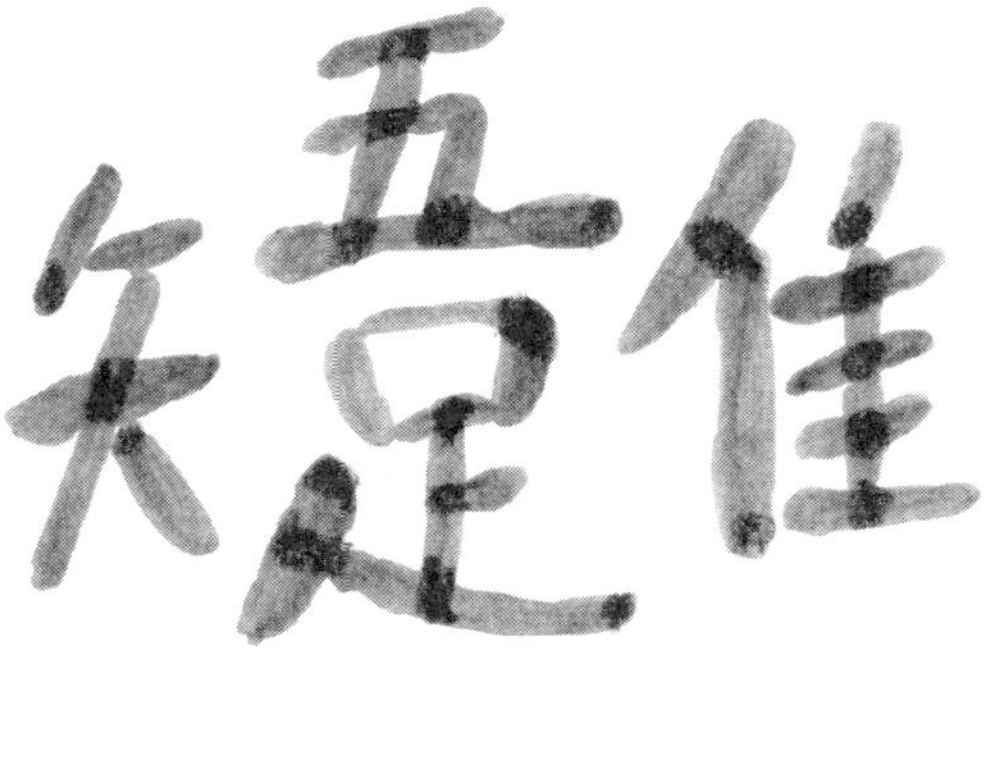

みたことありませんか

『ライオンは寝ている』
　を聞きながら
　ぼんやり、考えました—
『野生の王国』（ふっるー）とか
『ダーウィンが来た』とか
この手の動物番組で
おもしろいな、って思うのは
〝求愛行動〟と
〝子育てのシーン〟
かな
なんていうか
あの必死さ、あの無垢さは
現代の人間様にとっても
おおいに考えさせられるものが
ありますよね

こんとん

てんでん

ケ・セラ・セラ

がんばれ!! しょういん先生
NHKの大河ドラマが、あまり
パッとしないようですが
『かくすれば
かくなるものと
知りながら
やむにやまれぬ
大和魂』

『人間は万物の尺度である』
って、エラそうに言われれば
(ふーん、そんなもんかなあ)
って、思わず知らず
合点しちゃいますけど
誰かが、ふざけて
『人間は万物のへである』
って、うそぶいたとしても
それはそれで
ミョーに、なっとく

ちゃべちゃべと
なんじゃ
ちゅう
がいねえ
静子ちゃんと
あっちゃんとは
富山弁の宝庫です

ひな子さんて
なかなか痛快なお人みたいで
なんか、好きです
そんな、ひな子さん語録から
いくつか
『医者にはなるべく近づかない
ポックリ逝くには
心臓は弱いほうがいい』
『衣食住は、なるべく縮少する』
『仕事をば、労働とは思わず
道楽と考えること』
『無駄を省くんじゃなくて
無駄を遊ぶ
真剣に、遊ぶ』

などなど

イトウさんの
「あきんど」の心得
三ヶ条

一　お客さんは　来ないもの

一　お客さんは
　　常に　正しいもの

一　お客さんは　現金なもの

この時節にピッタリの、わたしの
お気に入りのトレーナーは
シルベスター・スタローン氏が
『ロッキー』か『ランボー』で
着用してたブッと同じものでして
……と、自慢しても
誰も、信じちゃくれません
なんでー、信じる者は
救われる、っていうでしょうに

―つづく

だって、ほら、ここんとこのタグに
『シルビア&シルベスター』
って、書いてあるっしょ
きっと、奥様とお二人で、副業に
ブティックなんかも経営してらして
……と言っても、誰も彼も
い、い、い、
まゆつばでして

なんだか、ボク
おおかみ少年に
なったような心持ち

格差社会について

♪♪
小さく　小さく　小さく　なあれ
小さくなって　アリさんに　なあれ
大きく　大きく　大きく　なあれ
大きくなって　ゾウさんになあれ
♪♪
アリさんは　アリさんなりに
ゾウさんは　ゾウさんなりに

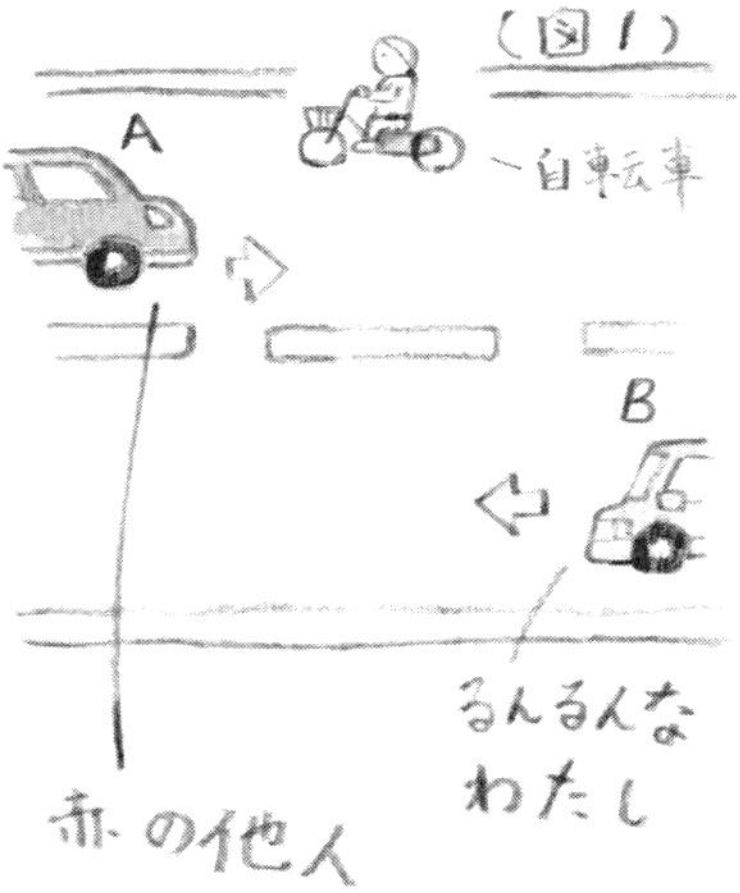

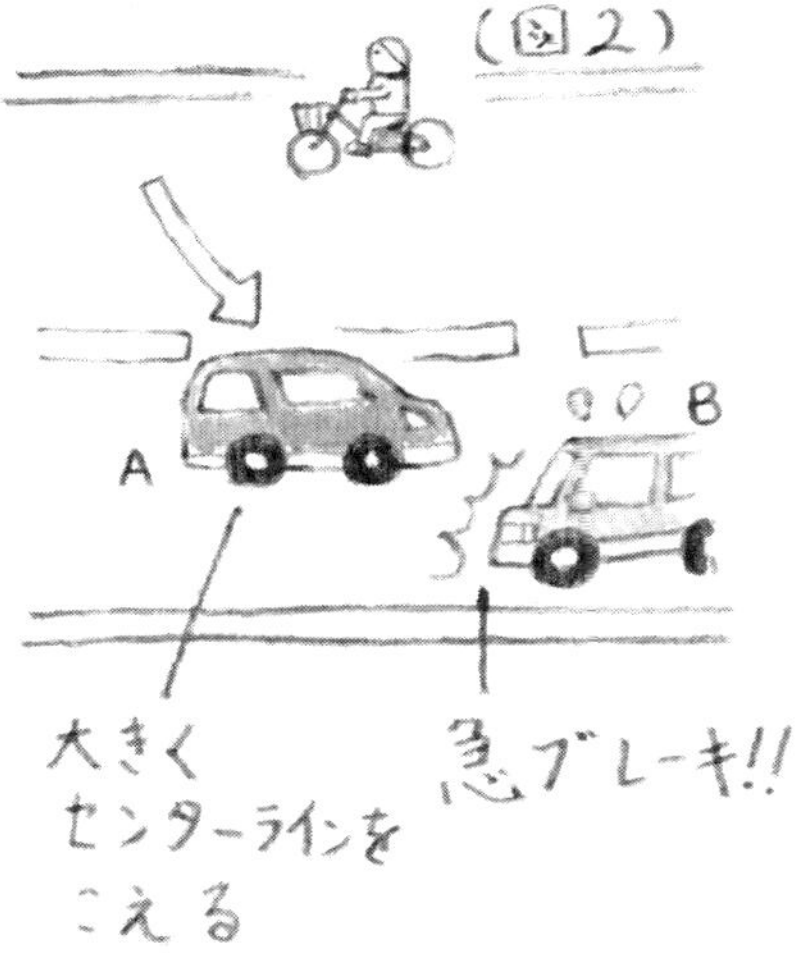

バカヤロウ!!

こういう場合（図1）
Aの車が譲るもんです
ところが、あなた
（図2）のようになりまして
すんでのところで
わたしの愛車もろとも
おしゃかに……
ヒヤヒヤ
みなさん
交通ルールを守りましょうね
センターライン越えは
厳禁です
男女の仲は、いざ知らず

マイナス
かける
マイナス
いこおる
プラス志向で

♪♪夢でもし会えたら
すてきなことね
あなたに会えるまで
ねむり続けたい
♪♪
って
なんてすてきな
なんて現実逃避な
歌なんでしょう
そうじゃなくて
アタック、アタック!!

丹田とは
漢方でいうところの
「元気のみなもと」だそうで
その漢方の基礎となっているのが
老荘思想だそうで
その極意、といえば
「無為自然」だそうで
無為は
あらゆる悪徳の始まりでもあり
あらゆる美徳の頂点でもあるそうで
ちなみに
丹田は、カラオケを歌うときにも、
重要なポイントだそうで

生涯未婚率に関する
新聞記事を切りぬいて
淡々と
スクラップ帳に
はりつける
♪♪
涙で文字が
にじんでいたなら
わかってください
♪♪
—おっと、これも、
昭和歌謡シリーズより

君と僕と
いつの間にやら
二人ならんで
朝焼けを見ている
サン・テグジュペリの
箴言みたく

―『君と僕のブー』より

いつも
あなたは
輝いています

そんなあなたが
まぶしくて
わたしは顔を
そむけました

わたしの目が
傷ついて
しまうから

わたしは
×××××て

でも
あなたは
知らん顔

たとえ
わたしの目が
見えなくとも

いつも
あなたは
輝いています

わたしは
感じます
あなたを

光を
ぬくもりを
においを
風を

わたしには
わかります

あなたが
わたしのなかで
血わき
肉おどるのが

あなたは
どう

わたしは
どうしたいの

でも
あなたは
知らん顔

いつも
あなたは
輝いています

いいんです
いいんです
輝こうと
輝くまいと

だって
あなたはわたし
わたしはあなた

でも
あなたは
知らん顔

いつも
あなたは
輝いています

いつか
わたしも
輝くように

原理主義者って
「オレ様だけが正しくて、あとは
みんな、からっきしダメ!!」って
いばる人のことでしょ

「あなたはあなた
わたしはわたし
主義主張は違えども
仲良きことは、美しきかな」
っていうのが、コスモポリタン

「あなたはあなたの道を
わたしはわたしの道を」
そんでもって、それっきりなのが
老子様

何か、トラブルを抱えた場合
人のせいにするのは
精神衛生上、よろしくありません
かといって
自分一人でしょいこむのが
おっくうだとお思いなら
ここはひとつ
『一切は必然である』と
真理を正しく認識して
スルー、しましょ

心は
とうに
うつろい
けりな

ちえのわ
さがしてます
なんか
むしょうに
ガチャガチャして
あそびたい
きぶんです

オー

マイ

ゴッドー!!

ボクの新車に

キズがついてしまいました

あいや、しばらく

立ち直れそうもありません

というわけで

一分間、黙とう

――富山弁シリーズより

つんまっ

つんまっ

と

日々のつとめを

はたしましょう

そこの、あなた
それって
「権利」
でもなんでも
ありませんよ
「欲」
ってもんですよ

5月24日
わが家の上空に
はやくも
入道雲、あらわる
誰かさんに
似ているような
似ていないような
うれしいような
はずかしいような

―あくまでも
一般論ですが

あればけっこう
なくてもけっこう
あってもなくても
ああしんど

ココロかわる
ココロの持ちぬしさん

して

そのココロは

ジタバタするのは
心に迷いのある
証拠

こちらが　ふりむけば
あちらは　ふりむかず
あちらが　ふりむけば
こちらは　ふりむかず
まるで、ハルキ君とまち子さんの
ような、こんなシーン、テレビで
ちょくちょく拝見しますが
元祖は
山本有三さんの小説
らしいとのこと

スズメと
ツバメが
けんかしてました
案に相違して
スズメのほうが
強い
みたいです
ビジターと
ホームの違いでしょうか

忘れんぼの君と
しり切れトンボの僕と
なにやら
二人の雲ゆきが
あやしいぞ

―『君と僕のブー』

「ボク？
ボクはただの
旅人ですよ」
って
スナフキンのように
一度でいいから
言ってみたかったセリフ

『ものの見方について』
考えてから　歩き出す人と
歩きながら　考える人と
走ったあとから　考える人と
この差は大きいぞ
って
そんな内容の本だったかと

わが家の軒先の
スズメの巣に
お子さんが生まれたようでして
まずは、めでたし、めでたし
その、さえずりが
♪♪チュルリラー
　チュルリラー♪♪
って聞こえるのは
心やさしい三代目だけでしょうか
みなさん、いかがでしょうか
おヒマなら
ちょいと、耳をすませて
ごらんあそばせ

「個」の時代と
「我」の時代とでは

ずいぶんと

その意味あいも

違うと思いませんか

咲子さんへ
ひまわりの花って
太陽が、東から西へ
移動するにつれて
その顔の向きを変えるって
本当ですか

マサアキ君が、らしからぬことを
言うので、ちょっと、心配です
そんな、マサアキ君に、一曲
♪♪人　生
楽　あ　り　ゃ
苦　も　あ　る　さ♪♪
——はい
みなさんも
ご一緒に

「もっと
ちゃんと
向き合えば
よかったのに」
っていうのが
いつものパターン

悲しい、お知らせです
昨日の今日のことなのに
スズメのさえずりは
もう、聞こえません
おおかた
ヘビにでも、やられたのでしょう
以前にも
同じようなことがありましたから
というわけで

一分間、黙とう

―富山弁シリーズより

ああ

だやい

だやい

って

ゆわっしゃんなま

『自分を楽しみたいのか

それとも

自分から逃げ出したいのか

ヒゲでも伸ばして

よおく

考えてみろよ』

映画『マッド・マックス』より

あっけらかんと
「欲しくない」って
「面倒くさい」って
「ほかにやりたい
ことがある」って
どういうこと？

追伸
「一人が好き」って
「プラス・イメージが
持てない」って
「なんとなく」って
どういうこと？

――富山弁シリーズより

先輩、先輩
なにもそんなに
たいそうしなくっても
　しょろーん
　って
してればいいのに

例えていうなれば
わたしの先祖は
〝甲殻類〟
だったに
違いありません
　横にはったり
あとずさりしたり
砂にもぐったり
ぶくぶくしたり

重大なる事実が、発覚いたしました
おっちゃん、走れません
っていうか、走り方そのものを忘れて
しまったみたいでして、「おーい」っ
て、遠くから呼ばわるお人があって、
それで１００ｍばかりダッシュしよう
と試みたところが、ギッタンバッタン
と、なんかこう、思うにまかせず
（ああ、こうしてお子さんの運動会な
んかで、ハッスルしたお父さんが、
すってんころりんするんだろうなあ
……）
って、そんな感じ

めったなことは
言うもんじゃ
ありませんが
民主主義が
あだとなる
時代でして

手前みそな話題なんですけど
『経済成長率と
出生率と
タバコの喫煙率とは
摩訶不思議と
相関関係にあるらしい』
と、業界新聞にのってました
要点は
『がんばれ、男子!!』
と、いうことらしいです

うがった見方を
しますれば
医は仁術
でもありますれば
ビジネス
でもありまして

神も
仏も
ありません
天国も
地獄も
ありません
あるのは
心の
ありようのみ

—哲学入門

ニヒリズムとは
「ほねおりぞんの
くたびれもうけ」
のこと

―同じく

デカダンスとは
「ああ
宝くじでも
当たんないかなあ」
って、しきりと
ボヤく、お人のこと

まいったか
と
言わんばかりの
夏の空
ちっとは
手かげんして
ちょうだいな

熱中症に、注意しましょう!!
記録的な猛暑続きで
ヘリウムガスを吸ったような、
ヘンテコリンなお声のお客様が続出
でして
Aさん、いわく
視界が真っ白になったそうでして
Bさんなんか
こまくが破れちゃったそうでして
Cさんにいたっては
救急車で搬送されちゃったそうで
すから
(実話です)

矛盾とは
ほことたてのことでして
エイッ　ヤーッ　とばかり
その矛で、その盾を突けば
答えは
いとも
簡単
ファイナル・アンサー
ですよね

われわれ日本人の
依存体質がはなはだしいのは
仏教の影響が、すこぶる
大きいのかも知れませんね
『サイの角のように
一人
歩め』

当店にて、大好評絶讃販売中の
ポップコーンが3ヶ、まかり間違って
賞味期限切れとなってしまいまして
もったいないので
親子3人で1袋ずつ、
今日の晩ごはんとなりました、とさ
うってかわって
小矢部のアウトレット内にある
ポップコーン屋さんは、
なんとなんと、2時間以上もの
行列待ちだそうじゃありませんか
たかが、ポップコーン
されど、ポップコーンな
　　　　　　　　お話でした

「反復」とは、何ぞや
すうすう
はくはく
ないしは
ぎったん
ばったん
　　　と

とある昼下がり
ひとり
静かに
ボタン付けをする
モノトーンな三代目

「おととい、来やがれ!!」って
今しがた、映画のなかで
めっぽう、お歳をめした
シルベスター・スタローン氏が
江戸っ子みたいな
タンカをきってらして
んな、バカな!!

そんなこと、してー
『三顧の礼』に背いた
バチが当たりますよーだ

注
『三顧の礼』とは、昔々
劉備玄徳が諸葛孔明を
軍師としてスカウトする段にあたっ
て、なんとかかんとか……
っていう、故事です

なきそう

ないて

いいですか

やじろべえ

『認識は悲しみである』と
うたった詩人は
いっぽうで
しっちゃかめっちゃかな
行動の人でもあったそうで
そうやって、かろうじて
バランスを保っていたんでしょう
が、最期は
獄死、だったそうです

迷路に迷いこんだなら
右手を壁にあてたまま
進んで行けば
いつかはきっと
出口に
たどり着けるそうですから
さて
そこから先は……
また、ふり出しにもどる
なんちゃってことにはならぬよう

『明日は
きっと
できる』
って
ミズノさんが、そこまで
おっしゃるんならば

ああ

おもしろい

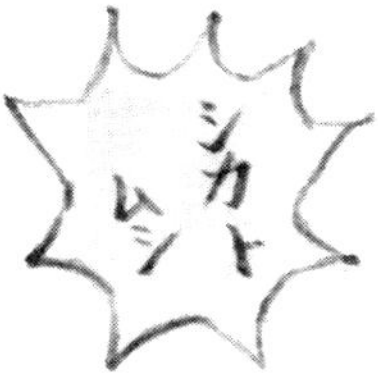

むしのこえ

あー
はー
はー
と
笑う
ご前様

（笠智衆さん）

いー
ひー
ひー
と
笑う
源ちゃん

冗談ぬきで
ライオンさんが
虫歯になると
ごちそうの、お肉が
食べられなくなって
それで
餓死する場合も
あるんだって

だから
よい子のみんな
歯ミガキ、しましょ

『クローズ・アップ現代』で
フツーの子が
フツーの子が
って連呼してましたが
フツーじゃないってば
っていうのが
わたしの率直な意見でして
もちろん、そう
　　　わたしも含めまして

今回は、クイズをおひとつ
次の名ゼリフをのたまわったのは？
「人間だもの」
「人間なら、よかったのに」
「人間なんて
ラララ、ララララーラ」
「人間失格」
「ブタじゃねーよ
ヒューマンだよ」

―つづく

「人間、しんぼうだ」
「人間に、なりたーい」
「人間、バクハツだ!!」
なんだかんだ、言ったって
みんな
人間様が
大好きなんだ

フリーマン氏（南部なまりで）
『完ペキな人生なんて
ありゃしませんぜ
なんとかやっていくのが
人生ってもんでさあ』
ミス・デイジー（ピシャリと）
『おだまり!!』

ヒルティ先生へ
われわれは、どこから来て
どこへ行くのか
それはちと、わかりかねますが
われわれの性根は
こんりんざい
変わらないのでしょうね

「やれやれ」
って
村上春樹さんの
専売特許みたいで
使用するにあたって
少々、気がひけますよね
って
クリント・イーストウッド氏も
そう思っていらっしゃるみたい

道徳の時間

まずは

一般常識からで

いけません
そんなふうでは
いけません
理解するより
信じるほうが
強いんです
って、どうよ

人間、誰しも
マチガイはあるものでして
今さっき
「メリットシャンプー」と間違えて
「バスピカ」で
シャンプーしちゃったところが
いつにもまして
わたしの頭は
ピッカピカ!!

こう見えても
みなさん
それぞれ、それなりに
必死、こいてますんで
それを
あんたは
バッチャンこわし

大体において
第一印象は正しいものでして
あなたは
ほおづえをつく
桃井さんのよう
そして
それから……

『そうじゃないなら
そこらへんの石ころと
同じじゃないですか』
って、同感です

——とあるB級映画より

オレ
まだまだ
本気
出してないもんね
っていうのを
負け犬の遠吠え
っていいます

時には
ハッタリを
かますのも
いいでしょう
そしてそれが
吉、とでれば
もっといいでしょう

『生物多様性』ってな
ことを、しきりと
訴えておられますが
だったら
人間様も
仲間に
いれてあげないと、ね

こよいの月は
花王せっけんのような
三日月でして
確かに
お星さまのブランコで
遊んでる
誰かさんも
見えたよな

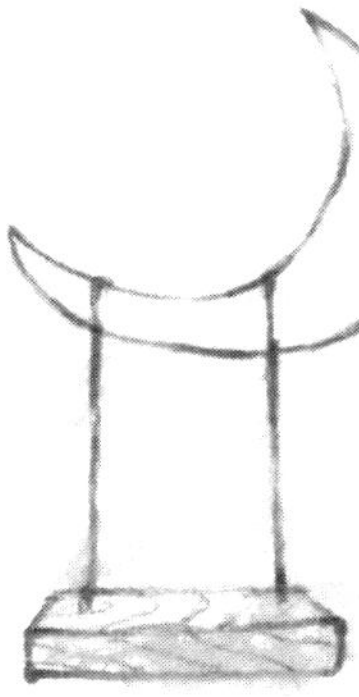

いましがた
チラッとお見かけしたんですけど
交通誘導員のおじさん
まるで、F1・グランプリの
チェッカー・フラッグのように
こんなんになって、
、い、い、い、い、
旗をふってらしたけど
はたして
やる気満々、なんでしょうか
ヤケのヤンパチ、なんでしょうか

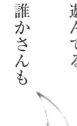

どんな感じ
こんな感じ
いい感じ
それが
極意、ってもんです

わたしが
弱いときにこそ
わたしは強い

『コリント人への第二の手紙
一二の一〇』

——読書週間にちなみまして
活字離れが嘆かれて久しい、
そんななか
ま、言っちゃなんですけど
吾輩の、このメイ文を、毎日
お読みいただいている
お客様にかぎり
ご　お　か　あ　ー　く　!!
（さんまさんふうに）

ほら
知らないほうが
いいことだって
あるんです
でも
知ってしまったら
どうするか
いま
それを
考えちゅうです

本日はお日がらもよく
絶好の富山マラソン
日よりとなりまして——
がんばれ
よしもりくん
栄光のゴールが
君を待ってるぞ!!

そこまでおっしゃるなら
満を持して
あたいにも、ひと言
あっかん
べー

本当のところは
誰にもわからない
ってことは
すべては
あなたの
さじかげん
　ってことです

愚にもつかないお話でして
おっちゃん
あごの下に、小さな吹出物が
できまして
　あれっ
　これって
　想われニキビ？

次から次へと、なんやかや、不祥事が
起きるたんび、それはごくごく一部の
人々の仕業であって、その他大勢のみ
なさんは、まじめに、一生懸命にやっ
てますからって、きまっておっしゃい
ますけど
んじゃ
ついでに言わせてもらいますけど
オイラだって
まじめに、一生懸命にやってます
から、っていうのを
〝便　乗　商　法〟
　　　　っていいます

健康番組、たけなわですが
『魂のありどころは
　　胃腸である』
とは
専門家のみなみな様の
意見の一致をみるところ
だそうです

昔々のことじゃった
漱石先生
小学生の男の子から
ファンレターをもらったそうな
『こころ』についての感想文が
書いてあったそうな
先生
ごていねいに
返事を書いて、ひと言
「こんなもん、読むな」だって

われわれ日本人は
よくいえば
静寂主義
(わび・さびの世界)
わるくいえば
事なかれ主義
(えっ、オレ?)

――バカも休み休み
言うようですが

教育問題には
家庭教育
学校教育
社会教育
とありまして
くれぐれも
順番を間違えないように

話したいことは
うんとあるのに
……
自分の気持を
心のなかに
しまわないで

うちのおいっ子が
ふざけて
拙者のハゲ頭を、なで
なでしながら、ひと言
「なんか
いいこと
ありそう」
　よきかな
よきかな

らんらんらん
君と歩けば
シャッター商店街も
まるで
パレード

（万智さんふうに）

ことがらの性質上
てんから、わかってないのは
時代についていけない
あんた方のほうですから
って
うちの親にむかって
どのツラさげて
言えましょうぞ
　この、わたくしメが

「心の葛藤」とは
科学的見地からすると
あたかも、体内で
善玉菌と悪玉菌とが
しのぎを削っている状態でして
さながら
　アンパンマン
　　VS
　バイキンマン
　　　みたいな

『なーんにも、しないと
あっ、という間だぞ』
って
美代ちゃんも
たまには、いいこと
言うじゃん

西洋では
罪には
二通りありまして
何か悪いことをした罪と
何もしなかった罪と
さしずめ
われわれ日本人には
「恥」のほうが
しっくりくるやも知れませんね

どのくらい？
海よりも深く
山よりも高く
月並みね
なんなら
態度でしめそうか
それだけは、やめて

やっぱ
世のなか
どうかしてますぜ
だって
ほら
12月だっつーのに
まだ
タンポポが咲いてますぜ
ねえ
なんで
なんで
間違っているのは
オレ
それとも
タンポポ

「あなたは
自由奔放に
生きてきた人だから」
って
ホメたつもりが
めっちゃ、おこられて
そして
泣かれました
自由って、むずかしい

ごろごろごろと
樽をころがしながら
ディオゲネスが
まかり通る
アレキサンダー大王も
　　そこのけ
　　そこのけ

岡本おさみさんを偲んで―

♪♪
みやげにもらった
サイコロふたつ
手のなかでふれば
また、ふり出しに
♪♪
あなたもまた
旅人でしたよね

地球儀を
人さし指で
くるくる
くるくる
回しては
いい気に
なってらい

『よい、お酒飲みで
あるためには
あまり敏感な舌を
持ってはなりませぬ』
丈夫な胃腸が
あれば、いい

―オオタ、さん

『個人の幸福は
公共の福祉に
席を譲るべきか』
私見ですが
個人の幸福のおすそわけが
公共の福祉で
よかろうかと

今日は、クリスマス・イブ
いったいぜんたい
心身ともに
ちまたでは
何百万回となく
達郎さんの
ゆるゆるで
♪♪クリスマス・イブ♪♪が
夜空に響きわたることでしょう
まいりましょうか
わたしも負けじと、一曲
……アカペラで

よう子ちゃんへ

あんたは
そうやって、一生
ほがらかに
笑ってらっしゃいな

ねえ、君
どしゃぶりの雨のなか
とぼとぼとぼと
歩いてちゃ、いけません
小走りするなり
コンビニで傘を買うなり
どこかで雨宿りするなり

と
経験者は語る

りえちゃんが
『さんまのまんま』で
衝撃の告白、でした
ほうれい線を消すには
「うー」ってやると
いいって
うーっ

あっぷっぷって
なったら
あなたの
負けです
負けないで

たずね人

まずもって、自分はいまだ
お目にかかったことは
ありませんが
その道の達人ともなれば
かかとで
呼吸をするそうな

―哲学入門

たったの今
ハエを1匹、たたき殺しました
さて
このハエの一生と
このわたくしの一生と
どこが、どう
違うのでしょうか
さして
違わないっていうのが
ショーペンハウエルの世界です

ハッブル宇宙望遠鏡を
のぞいて見れば
嗚呼
かる〜い
目まいが

うん
うん
その気持ち
よおく
わかりますよ
潤一郎さん

心を食べるな

『ピタゴラスの定理』より

人って
どうして
嘘が、好きなのでしょう
どうして
悲しみに、ぬれるのでしょう
どうして
眠れぬ夜に、抱かれるのでしょう
　心の重荷を、おろすため
それとも
〝力関係〟

あなたはあなた
わたしはわたし
夕焼けは夕焼け
あっちっち

—『君と僕のブー』より

—『草枕』を読んで

没ヒューマニズム宣言

信じたいように

信じるまでです

『あっ
一番星
めっけ』
ってな
ゆとりがないと
満願成就は
なりませぬ

スポーツらんに
川崎選手のコメントが
小さく、のってまして
『毎日、毎日
楽しくって、楽しくっって
しょうがないッス』って
ついつい
応援したくなっちゃいますよね
と同時に
オレもがんばろーって

五色の黒

黒いブーツと
黒いタイトスカートと
黒いロングコートと
黒いハリアーと
黒い、瞳と

ゆらゆらと
ゆらりゆらりと
ゆれながら

これでいいのだ
これでいいのだ
ボンボン……

男って
バカね
女って
あっけらかんね

男と女
♡♡と♡♡

男っちゅうもんは
いくつになっても子供子供で
女っちゅうもんは
一刹那
一瞬にして
目ざめるものらしい
との、目撃情報あり

寝っころがって
『笑点』をみていたら
『あっかるく
よおきに
いっきまっしょお』だって
なんじゃ、こいつ
ピロリキン?!

―哲学入門

『自分が自分で
あるところのものに
なれ』

―弁証法入門

正論

「一人より
二人のほうが
楽しいにきまってます
喜びを2倍にし
悲しみを半分にするから」

反論

「生まれてくるときは、一人
死ぬときも、一人
だったら
中間も、お一人様で」

正反合

「いいわい
いいわい
おっちゃん
一人でも
力強く
生きて
いくわい」

かいつまんで言うと
世のため
人のため
って
どんな世のため
どんな人のため
それによって
対応の仕方も、ずいぶんと
違ってくるんじゃないでしょうか

大寒小寒の朝
洗面所で
顔を洗おうとして
両手にすくった水で
溺れそうになるのは
わたしだけでしょうか

いかなる運命が
待ちかまえていようとも
あなたの運命は
あなたの許容範囲内ですから
どうか
ご心配なく
仮に
想定外のことが起きようが
何が何して何しようが
有象無象
すべからく
〝かみさまの
ゆうとおり〟でしょ

美しさ
って
なにかしら、こう
内面から
じわーって
にじみ出てくるものかとも
思うんですけど

アランさんの『幸福論』より――
「自分とケンカしないこと」
「悲しみよりも喜びを
育てるように
想像力よりも、行動力を」
「しあわせだから笑うんじゃなく
て、笑うからしあわせなんだ」

いまひとつ、ピンときませんが
〝情念〟って
〝うらめしや～〟
ってことかしらん
われわれの
意志も理性も、もとより
あてにはなりませんが
〝情念〟は
否応なし!!
ですもんね

『忘却とは
忘れ去ることなり』
とは、往年の名ゼリフですが
忘れることは、暗記することより
至難の業かも知れません
そういうことって
ありますよね、多分に

しあわせの種を
まくのは
万々歳ですが
いさかいの種は
まかないように

天気　晴朗なれど

大勢に　影響なし

「んもー

サイテー」

ってことはですよ

あとは

「↑」

ってことで

しめ、しめ

―ぜっぴつ

あな、おなつかしや
『ジェット・ストリーム』の世界より

女「聞いていい？」
男「言いたくない」
ややあって
男「聞きたそう」
女「言いたそう」

かくして、こよいも
夜の帳《とばり》がおりていく……

もちろん
ナレーションは
城さんで

大発見です
こんな四角な、ツバメの巣
めっけ!!

Hさんちの
玄関先にて

簡単そうで
簡単じゃないのが
シンプル
イズ
ベスト

ねえ
聞いて、聞いて
オニヤンマと
迷子と
本瓜の花のお話と

今日の晩ごはんは
〝ザルそば〟
畑から、シソを一枚
薬味にと採ってまいりまして
トントントントントンすると
ツン、としたかおりが……
おっと、これは
俳句になりますよね
ねえ
夏井先生

かなかな
って
本当の本当
かなかな
って
なくんですねえ

サルスベリも
「百日紅」と、こう書くと
どことなく、ちあきなおみさんの
歌にでもありそうな
そんな風情がありゃしませんか
今まさに、あちらこちらで
真っ盛りですが、この花は
いっぷう変わってまして
枝の先っちょにだけ
花をつけるので
いかな花オンチな私といえども
すぐに見分けることが
できますとも

「ヘイトスピーチ」と
「言論の自由」との
かねあいについて

5／17　〇〇ニュースより

（ああ、なげかわしや）

タンポポは
ふまれても
ふまれても
平気な顔して
タンポポ
してます

——富山弁シリーズより

まさあきくん
げ べ
だって
げ っ と く そ
とも言いますよね

人間

歳をとると
だんだんと
横着になるみたいで
そこんとこ
ヨ・ロ・シ・ク

―富山弁シリーズより

本日のおつまみは
〝塩イカ〟
すると、不思議ですよねえ
いつの間にやら
どこからともなくやってくる
〝ネカゴ〟
って
まるで
月光仮面のおじさんみたい

何のために

って

聞く?

このオレ様に

秋の空

いわしはいわし

ピカソはピカソ

信じる者は
救われる
悟りを開く者は
我が道を行く
懐疑論者は
推して知るべし

―草刈りしながら

吹く風に
心なし
咲く花に
いわれなし
ふる雨に
情けなし
切られる殿様蛙に
命
ありやなしや

〝かざりカボチャ〟
って
誰が描いても
武者小路先生の
絵みたいに
なっちゃいますよね

窓の外は、雨
と
カラスと、目があいました
知ってました
カラスの頭って
ヘンペイソク、だってこと
で
そんな〝プレデター〟みたいな
カラスとにらめっこしている
オイラの頭って

どうよ

ってな、お話なんですけど、ね

赤とんぼ
くるくるしてね
遊んでね

赤とんぼ
オイラの前で
交尾すな

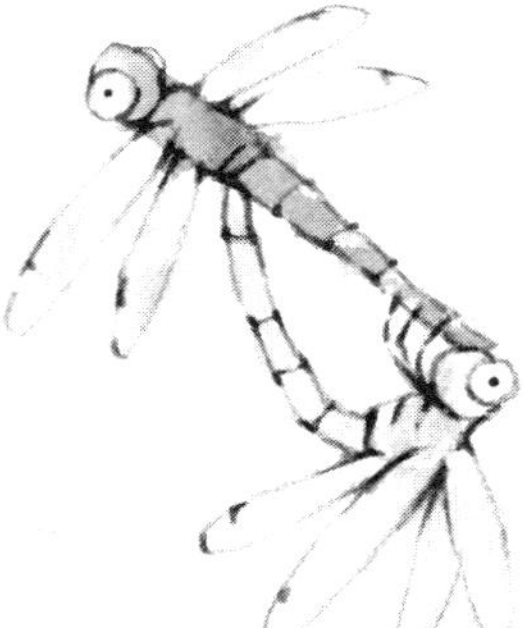

中ちゃんは
たいして歳も違わないのに
なんでもよくご存知で
よって、ついたあだ名が
〝ご隠居さん〟
するってえと
理の当然
オイラの役回りは
〝与太郎〟
ってことに

さつまいも

勝っても負けても

さつまいも

高岡のおばちゃんから、電話
まさしく
マシンガン・トークでして
わたしのセリフは
「ハイ、ハイ」
「うん、うん」
「じゃあ、またね」
の、三言のみ

心
って
おいそれとは
かたづきません

ほおずきを
みっつ手折って
帰り道

村上春樹さん
を読んで—

好きなこと
好きなだけ
好きなように
できたら、いいね

そう言えば
あなたも
「毒舌家」
でしたよね
でも
それもあなたの
チャーム・ポイント♡

それは、ね
形ばっかり見て
心をみないから

（ヒロシふうに）
サトシです
小学生の
ナッちゃんに
鼻で、笑われました

まっすぐに
相手の目を見て
お話しする人って
苦手です
おっちゃん
なにゆえに
感違いしちゃう
もんですから

もう　いいかい
まあだだよ
どっちつかずの
秋の夕暮れ

そうやって
たかをくっていると
のちのち
ほら、見たことか
ってことに
なりゃしませんか

答えはどこ
イチョウ並木の
ずっとむこう

もしもし　もしもし
もしもーし　もーーし
ツー　ツー
ツー　ツー
人生に
「もしもし」は
ありませんもんね

おっとっとっとっと
って、こんなふうに
ちょくちょく
けつまずくんですけど
まだまだ
若いから
だいじょう、ブイ!!

とても
それはとても
大切なことではある
けれども
すべてではない
オ・ブ・ラ・デ
オ・ブ・ラ・ダ

われわれが頭で
あれこれ
考えているよりも
肉体は
もっとずっと
賢い
って本を、読みました

人間様
大なり小なり
それなりに

たったの2、3回
洗たくしただけなのに
毛玉だらけになる
パジャマって、どうよ
しかも
赤パジャマ
黄パジャマ
青パジャマ
3点セット、もろとも、って

スーパー・ムーンな、お話です
なるほど
こうして見上げるお月さんは
お美しいですが
あっちへ行ったら行ったで
ただの岩塊だってこと
そのかわり
あっちから見た地球は
さぞや
美々しいことでしょうね

あんたが

チョキなら

おいらは

グーだ

そしたら誰かが

パーだって

まるで

風景画をみるように

そんなふうに

みてみれば

また

ちがったふうに

みえるかも

完ペキ求める
彼女
完ペキのペキが
まちがってますよ

自業自得の
彼氏
何をか
言わんや

ガンバレ!!
っていうか
がんばるしか
ないもんね
実際問題

もっとも
大切なものは
もっとも
身近なものです
もっとも
受けうりなんですけど

大きな夜
中くらいな闇
ちっぽけな影
ほとんど、点

ふきのとう
雪ニモ負ケズ
冬将軍ニモ負ケズ

——以下、同文

こまいさんちの
雪ダルマ
ただいま
思案の
真っ最中

こまいさんちの
雪ダルマ
今日は
思案、投げ首

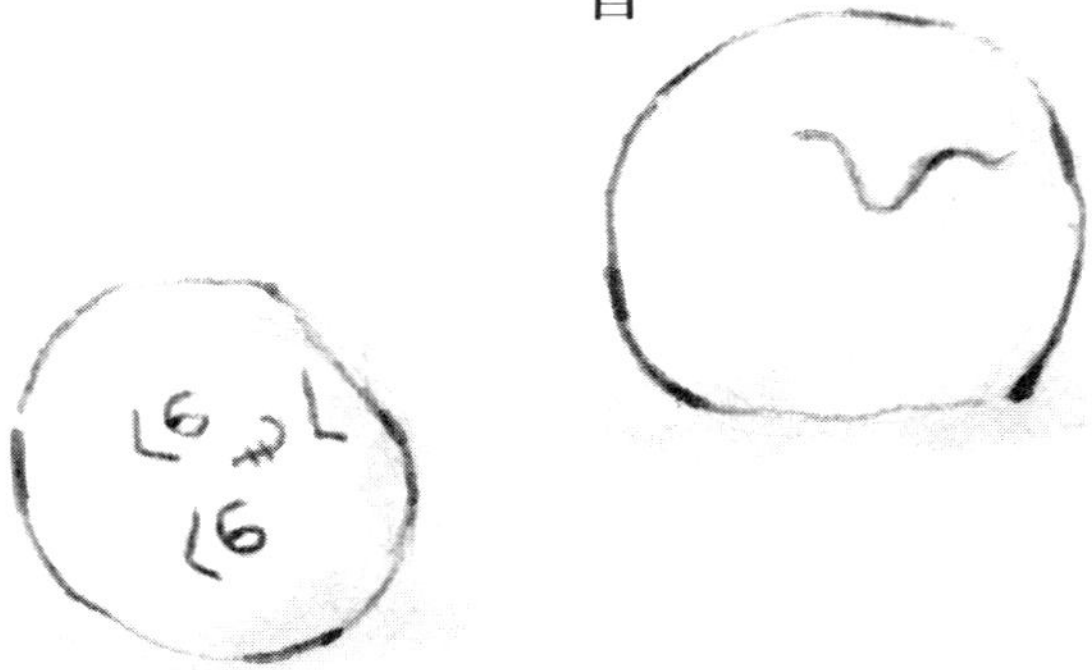

こまいさんちの
雪ダルマ
♪♪とけて流れりゃ
みな同じ♪♪

『一心に
自分を
表現する』

ブルース・リー

相関関係と
因果関係とは
無関係

犬って
しもやけに
ならないのか知らん
なったらなったで
考えよ

つらいこと
悲しいこと
みんな
みんな
レーテの河に
流しましょ

わたし
心が
おれそう……
いえいえ
心って
ぐにゃって
なるんだから

昔々の奴隷と
現代のサラリーマン諸君と
どっちが苛酷か
いちがいには言えません、と
ニュースキャスターが
言ってました

あなたが
何を体験するにせよ
それは
あなた自身を
体験することであって
それ以上でも、それ以下でも
ありません

心の声に

[redacted]

それが無理なら

[redacted]

それもイヤなら

……

わしゃ、知らん

春なのに

ちっとも

春らしくないのは

自助努力が

たりないせいか知らん

それとも

三寒四温の……

卒業証書
ポンッと置いたら
いってきまあす

あれれっ
対向車の
おねえさん
大きなあくびを
しちゃって
いと、をかし

大予言

これも
それも
あれも
どれも
みんな

薮のなか

いつか
きた道
いつか
ゆく道
道なりに
道なりに

本日のおつまみは
〝ホタルイカ〟
初ものです
いただきものです
果報ものです

今日、たまたま
わたしと同《おんな》じ
黄色いウェイクと
すれ違いました
とっさの思いつきで
ピース・サインを
送ったところ
無視されました
何故、でしょう

夢をみるなら
いい夢を
そうじゃないなら
はなから
みない

長善寺さんの
桜を
あいあい傘にして
いさおくんと
りっちゃんの
ツー・ショットを
パチリ!!

ルールは
自分でつくるもの
それにしたって
取説は、あるはず

れんぎょうに
くすぐられて
びっくり
ぎょうてんする
もくれん、の図

『心にも
汗をかきなさい』
って、欽ちゃんが……
なんで、そうなるの?!

同情ってやつは
上から目線だから
やたらめったら
するもんじゃ
ありません

おっちゃん、知らなんだあー
ラムネの正しい飲み方って
上中部の2つのくぼみの間に
B玉を鎮座ましまして、それで
ぐびぐびって飲むんだって
閑話休題
ラムネの空きビンって
ムンクの『叫び』に
似てないかい

夏井先生の
アドバイス

つめこみす
ぎないこと

なにも想わず
なにも感じない
なにも知らず
なにもわからない
おいおい、それって
ちっとも
答えになってませんぜ

ぐぐっとくる
泳ぎっぷりね
こいのぼり

天下国家を
語るよりも
形而上学的世界に
遊ぶよりも
われと
わが身を
整理整頓

わっ!!
血が　出た
どっと　出た
なかなか　とまりません
どうしましょ
でも　よかった
赤い血で

老夫婦

二人ならんで

押し植え、の図

心

と

心

が

がっちんこ

歴史は
前進するものです
立ちどまったり
ましてや
あともどりしたり
するものでは
ありません

我等が願いは
安心
安全
安価
安楽
です
欲ばりでしょうか

草刈り中の
わたしの肩に
ちょうちょがとまって
ひと休み
これぞまさしく
『胡蝶の夢』
か

おっと　あぶない
でんでん虫の
お通りだい

あじさいの
かげに
アスパラを
うえる

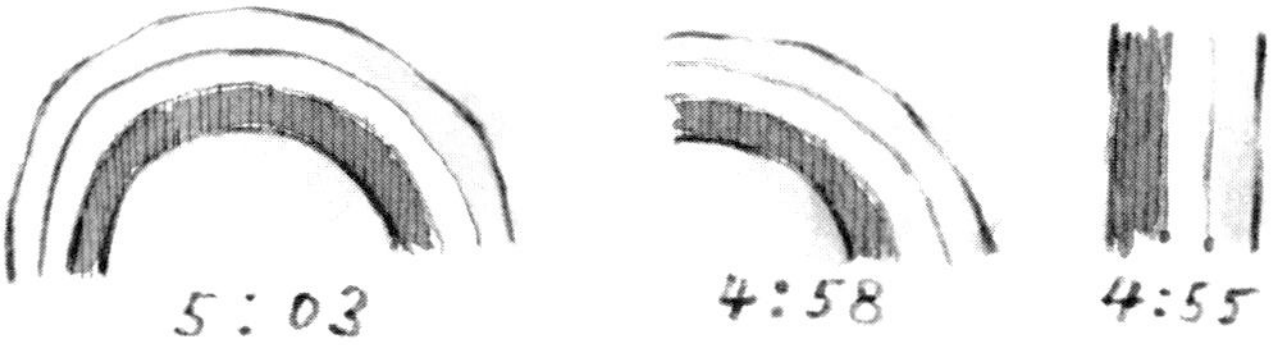

虹が生まれる
瞬間を
目撃しました
なんだか
とても
レインボーな
心持ち

赤字か
黒字か
それが問題だ
　答え
ない袖は
ふれぬ

——経済学入門

アダムが
神に反抗したのは
人間は
自由だから
だと
ユダヤ人は
考えました

たわむれに
蟻の行列を
観察していたら
おっと
もう、こんな時間

——「時の記念日」
にちなみまして

お金はなくとも
彼女はいなくとも
なにはなくとも
時間はいつも
あなたとともに

アルト・サックスを
吹いてた女の子
「雨の音が好き」って
言ってた子

何事ぞ
プール開きの
ときの声

まるで、これ以上
自然なことは
ないかのように
ぎゅって

いつ　どこで
誰が　なにを
何故　どうした

『全部が、そこそこ
手応えもなんも
なし』

不動さん
あなた
達人です

ちゃ

『とびらは
常に
開かれてある』
いわば
『どこでもドア』
みたいに

―哲学入門

心を海に
例えるならば
波風立つのも
しょうがない

心を空に
例えるならば
晴れたり
降ったり
くもったり

心を何に
例えるならば
……
ハッピーに
なれるかな

察するところ
つかの間の
晴れ間をめがけて
ゴミ出しに来たのに
いざ
その一瞬間に
どしゃぶりの雨に
やられちゃった
カナちゃん

あんな人たちと
われわれとは
縁もゆかりもない
人たちと
思い知れ

バーチャルな
恋なのに
失恋するなんて
ありえない

「海の日」にちなんで
うみは
ひろいな
おおきいなー
うっとおしいなー
（もといっ）
うれしいなー

おヒマ、ですか
おヒマなら、ちょっと
空を、見上げてごらん
今、じゃないですよ
夜、ですよ

―つづく

―天文学入門

♪♪見上げてごらん
夜の星を
小さな星を♪♪

ってなもんで
ひたすら、見上げておりますと
だんだんと、目が慣れてきて
あら、不思議？
まるで……

―つづく

色盲検査のごとく
ほら
うっすらと
〝天の川〟が…
—つづく

そうしたら、もう、しめたもの
お次は
〝夏の大三角形〟
—つづく

お次は浅井神社の
上空あたりに目を向けて
みましょう

キー・ポイントは
〝W〟と〝ひしゃく〟です

—つづく

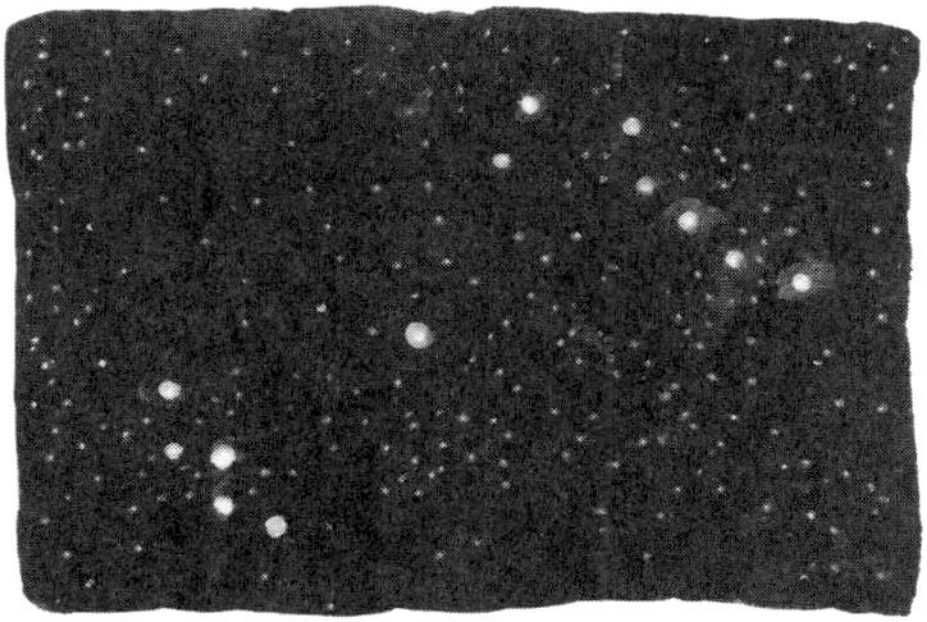

いざ、南へ

さそり座のS字形を
たどれるようになれば
あなたも、りっぱな、星座博士!!

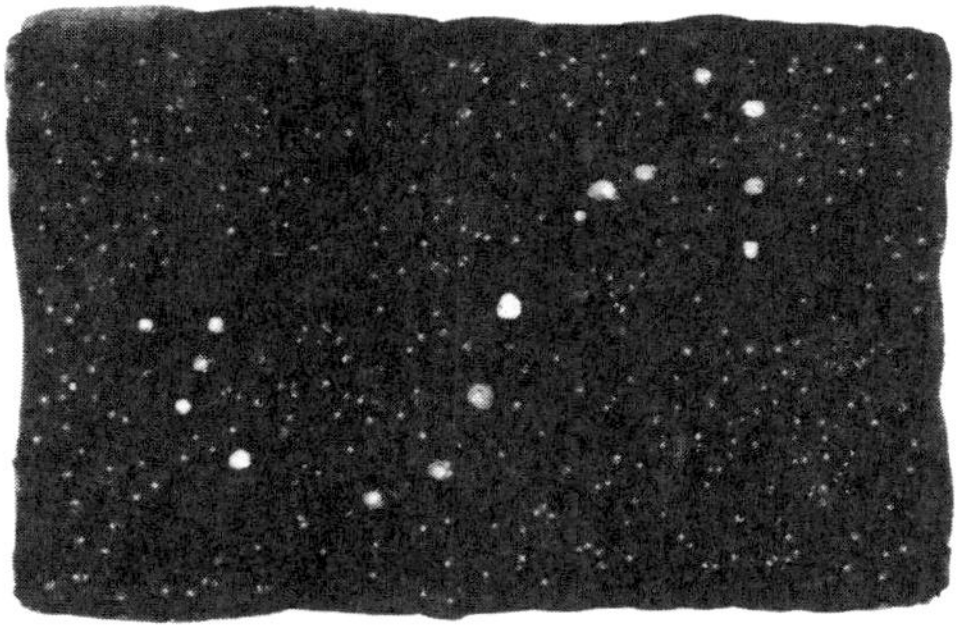

光の子等よ
もっと
光を
というわけで、次回は
〝冬の星座教室〟で
お会いしましょう

ジャン
ジャック
ルソー
の
孤独

ブランコが
ブランコが
　　ゆれている
　　ゆれている
　　　　いつまでも
　　　　いつまでも
これを
〝慣性の法則〟
と、いいます

おーい
おーい
○○給食センターの
軽四の運転手さーん
サイド・ドアが
開きっぱなしですよー
おみそ汁を入れた
ずんどうが丸見えですよー
大丈夫ですかー

ポンポンと
肩をたたいてー
人生
楽しんで
くださいな

大きく
深呼吸してー
や れ や れ

あっちを
向いてー
それが、わたしに
何の、関係が
あるのでしょうか

チエちゃんちの
ホルモン焼き屋へは
どこをどう行けば
いいんでしょうか
うち
そんなん
知らん

素晴らしいときは
素晴らしく
バカバカしいときは
バカバカしく
何でもないときは
何でもなく
ここぞっ、というときは
そらっ、今だ!!

よく生き
よく死ぬ

おいおい
なんだよ、それ
秋の雲を
追っかけて
やっとこさ
入道雲の
お出ましかよ

あの頃
14階のラウンジで
〝ドライ・マティーニ〟を
オーダーするのが
流行《はやり》でして

—そこで働く人たちの
ことは、いざ知らず

祭りのあと
台風一過
豊作の秋

女の子が、ないてます
「どうして、ないてるの」
って聞くのは
ヤボ
ってもんです、お若いの

薄《すすき》と
女郎花《おみなえし》と
桔梗の

図

―『二百十日』より

時世がら
がんじがらめの
万華鏡

ボク
「どこ行くの？」
通行人A
「パラダイス」
ふん
おもろいやないけ

あなたの
大切な
UFOキャッチャーで
ゲットした
うさぎちゃんを
傷つけてしまって
ごめん

『反時代的考察』

「自販キの前にスマホが落ちてま
したよー」ってんで、当店にて、
一時あずかりのところへ、案の定、
電話がかかってきたとしましょう
や
どっひゃー
あろうことか、おっちゃん
スマホの受話キの取り方
わかりまっしぇーん

オチアイさんて

徹頭徹尾

オレ流ですもん

慰安婦問題は
とどまるとこを
知りませんが
アメリカのほうでも
コロンブスさんが
とんだ言いがかり、みたいで
心中、お察し申し上げます

朝まだき
新聞を取りに出ると
むむっ
なにやら黒い物体が
東の空から
こちら目がけて
飛行してくるではありませんか
おおおっ

―つづく

すぐさま
その変則的な飛び方で
こうもりと判明したものの
これが、あなた、もしや
ピカッ、ピカッって
光を放っていようものなら
ややや
U・F・O!!!
ってなことになるやも……

―とある
静物画―
ちゃぶ台に
新聞
柿
ボールペン
ラッキー・ストライク

角ビンを
らっぱ飲みする
女
人よんで
〝あねご〟
自称
〝ジャニス〟

初冠雪
もみじと汗と
山へ、登る

NO PROBLEM

——ぜっぴつ

著者プロフィール

ネイ　小記（ねい　しょうき）

富山県に生まれ
富山県に死す……
おい、おい
おっちゃん、まだ
生きてるぞお
というわけで
アイ・ウィル・ビー・バック

本文イラスト　石黒しろう

へのへのもへじ

2018年６月15日　初版第１刷発行

著　者　ネイ　小記
発行者　瓜谷　綱延
発行所　株式会社文芸社
〒160-0022　東京都新宿区新宿1－10－1
電話　03-5369-3060（代表）
03-5369-2299（販売）

印刷所　株式会社フクイン

ISBN978-4-286-19472-1　　JASRAC 出 1803532 － 801